Das normale BESONDERE Mädchen

Valerie Forster

Carlina ist ein besonderes Mädchen. Sie liebt die Natur, die Tiere und die Pflanzen mehr als alles andere. Deshalb wird sie immer wieder nicht richtig verstanden. Jetzt will sie endlich wissen, warum andere sie nicht akzeptieren können, wie sie ist. Auf einem ihrer vielen Ausflüge in den Wald begegnet sie Jana. Die alte Frau nimmt Carlina mit auf eine philosophische Reise in die Natur. Der Wolf, der Kuckuck, die Kreuzotter, die Silberdistel – alle gemeinsam beantworten sie Carlinas Fragen mit ihren eigenen Geschichten. Gefühlvoll schreibt Valerie Forster über Probleme und Chancen des Andersseins und über die Einzigartigkeit jeder Persönlichkeit. Geschickt verknüpft sie dabei philosophische Erkenntnisse mit der Weisheit der Natur.

Valerie Forster wurde 1985 am Bodensee geboren. Ihre Liebe zur Natur und zu den kleinen Dingen im Leben prägt sie von frühester Kindheit an. Zunächst arbeitete sie als Grafik-Designerin in der Werbebranche. Nach einer Auszeit entschied sie sich zu einem Fernstudium für Autoren und sie absolvierte weitere Fernstudien zu verschiedenen naturwissenschaftlichen Gebieten und Philosophie. Die reiche Pracht und der Schutz unserer Umwelt sind Kernthemen ihres kreativen Wirkens. Mit ihrer eigenen künstlerischen Sprache sprengt sie Gattungsgrenzen, so gelingt ihr die Verknüpfung von kunstvollen Büchern und Kalendern, Lebenskunst und ihrer Liebe zur Natur. Ihre Fotografien und Illustrationen sind auch in Ausstellungen zu sehen. Bisher erschienen von ihr die Bücher »Der kleine GROSSE Wolf« und »Verirrt – Erzählung über ein Leben mit Hochsensibilität«.

Valerie Forster

Das normale BESONDERE Mädchen

Eine philosophische Erzählung über das Eigene und das Fremde

Mit Illustrationen von der Autorin

Bisher erschienen von Valerie Forster:
Der kleine GROSSE Wolf
Verirrt – Erzählung über ein Leben mit Hochsensibilität

Bibliografische Information der Deutschen Nationalbibliothek: Die Deutsche Nationalbibliothek verzeichnet diese Publikation in der Deutschen Nationalbibliografie; detaillierte bibliografische Daten sind im Internet über www.dnb.de abrufbar.

Originalausgabe 2016
© 2016 Valerie Forster
Lektorat: Manuela Di Franco
Covergestaltung, Layout, Satz und Illustration: Valerie Forster
Herstellung und Verlag: BoD – Books on Demand, Norderstedt
ISBN 978-3-7412-1097-6
www.valerieforster.de

Im großen und ganzen sind die Menschen gleich,
aber im einzelnen wurden ihnen Unterschiede beigelegt,
damit es Vielfalt und Besonderheiten gebe.

Henry David Thoreau

Prolog

An einem sonnigen Samstagnachmittag saß Carlina mit ihren Eltern und den Nachbarn bei sich Zuhause auf der Terrasse. Es war ein richtig warmer Frühlingstag. Beim Essen begannen die Erwachsenen über die zunehmende Kriminalität zu diskutieren. Carlina lauschte dem Gespräch zunächst schweigend. Doch bald konnte sie sich nicht mehr zurückhalten und erwähnte schließlich als Einzige die Verbrechen, die Menschen an der Natur begehen. Ihr Einwurf wurde allerdings schnell übergangen. Das machte sie noch wütender. Immer ging es den Erwachsenen nur um die Menschen, alles andere schien ihnen nichts wert zu sein.

Beim Abräumen des Tisches trat ihr Vater auf einen Löwenzahn, einen viel zu kleinen, der nur mit Mühe seine mickrige Blüte über wenige gezackte Blättchen reckte. Als Carlina das sah, zuckte sie zusammen, und sie spürte einen heftigen Schmerz in ihrer Brust. Doch dann machte sie ihrem Ärger Luft.

»Aaahhhh …«, schrie sie auf.

»Was ist, was hast du denn?«, fragte ihr Vater erschrocken.

»Du stehst auf einem Löwenzahn.«

Er ging einen Schritt zur Seite.

»Sieh doch, wie tapfer er sich zwischen dem Pflaster hält und um wie viel kleiner er ist als seine Brüder und Schwestern auf den Wiesen, wie viel schwerer er es hat. Und du trampelst achtlos auf ihm herum.«

»Du immer mit deinen Pflanzen. Er braucht ja nicht auf der Terrasse zu wachsen, er sprengt sowieso nur das Pflaster. Und überhaupt, es gibt genug Löwenzahn, da kommt es auf diesen einen nicht an.« Nach diesen Worten packte der Vater das Pflänzchen mit zwei Fingern, riss es mit einem kleinen Ruck heraus und warf es auf den Kompost.

»Nur wenn ein Mensch umgebracht wird, interessiert es dich«, schrie Carlina außer sich. »Nur das findest du grausam. Alle anderen Lebewesen bedeuten dir nichts. Dabei geht es für jeden um Leben und Tod!« Sie drehte sich um und rannte davon in ihren Wald.

Carlina

Wahrnehmen und Empfinden

Carlina ging durch den Wald auf eine idyllische Lichtung zu. Der Zorn beherrschte ihre Gedanken. Wieso achten manche Menschen andere Wesen so wenig?, fragte sie sich. Es war eine Sache, dass ihr Vater auf den Löwenzahn getreten war. Das konnte passieren; für einen Großen war es nicht immer leicht, alle Kleinen wahrzunehmen. Dass es ihn allerdings überhaupt nicht berührte, die Blume herauszureißen und zu töten, war eine andere Sache. Carlina wusste, dass der Löwenzahn auf dem Kompost einen langsamen, qualvollen Tod sterben würde. Zuerst würde er in der Sonne vertrocknen, bis seine Blätter lahm und schrumpelig sein würden, seine Blüte würde kraftlos dazwischen liegen. Nie wieder würde er von einer Biene besucht und bestäubt werden oder gar eigene Samen verbreiten können. Ihrem Vater war das egal. Wie ungerecht, dass ein Großer einem Kleinen das Leben so leicht zur Hölle machen kann, dachte Carlina. Wäre dieser Löwenzahn irgendwo auf einer wilden Wiese gewachsen, wäre ihm dieses Schicksal erspart geblieben. Aber er war anders, er hatte sich einen eigenen Platz gesucht und nicht dort sein wollen, wo alle waren. Dies hatte ihn das Leben gekostet. Carlina trauerte um die Blume, weil sie sich ihr sehr ähnlich fühlte. Indem ihr Vater auf jemandem herumtrampelte, der sich von seinen Artgenossen unterschied, tat er auch ihr weh, denn auch sie empfand oft anders, als sie es bei einem Großteil der Menschen wahrnahm.

Carlina wusste, wie wichtig es war, wieder zur Ruhe zu kommen und sich nicht weiter aufzuregen, ansonsten wäre ihr ganzer Tag verdorben. Also konzentrierte sie sich auf die Umgebung und den jetzigen Augenblick. Staunend sah sie an den mächtigen Buchen und Tannen empor, die nur noch hier, im Nationalpark, so stattliche Bäume werden durften. Am Fuß einer Eiche blieb sie stehen und betrachtete ganz bewusst das dunkelgrüne Waldfrauenhaar, ein weitverbreitetes Moos. Es leuchtete ihr zwischen schrumpeligen Blättern und braunen Nadeln, die vom Vorjahr übrig geblieben waren, entgegen. Sie bückte sich und strich behutsam mit der Hand über die weichen Stämmchen des Mooses. Einige Wassertropfen blieben an ihren Fingern haften. Es störte sie nicht. Carlina ließ ihren Blick langsam an dem dicken Stamm der Eiche empor wandern. Wie tief die Rinde an einigen Stellen eingefurcht war. Einige gelbe Wandflechten und hellgraue Schüsselflechten hatten auf dem Stamm ihren Platz gefunden. Sie presste beide Hände an den Baum. Ihre Finger begannen zu kribbeln, und sie glaubte die Energie, die Lebenskraft des Baumes zu spüren. Er war ein lebendiges Wesen, genau wie sie, nur hatte er einen anderen Körper mit anderen Eigenschaften und Stärken. Sie sah zu den großen Ästen empor, die sich weiter oben zu immer dünneren Zweigen teilten. Aus diesen sprossen bereits zarte Blätter. Dazwischen leuchtete das Blau des Himmels hindurch und bildete einen schönen Farbkontrast. Sie hielt einige Augenblicke inne und atmete den würzigen, nach Erde duftenden Waldgeruch ein. Dabei lauschte sie dem Gesang eines Buchfinken. Etwas entfernt zwitscherten aufgeregte Kohlmeisen, auch ein Zilpzalp rief.

Carlina war in einem kleinen Dorf ganz in der Nähe des Waldes aufgewachsen. Schon als kleines Mädchen hatte sie sich magisch vom Wald angezogen gefühlt. Die Bäume kannten ihr ganzes Leben, denn sie hatte keine Geheimnisse vor ihnen. Nach der Schule erledigte sie immer gleich ihre Hausaufgaben, damit sie schnell in den Wald gehen konnte. Erst wenn es Abend wurde, kehrte sie nach Hause zurück. Carlina war ein besonderes Mädchen, deshalb wurde sie von anderen manchmal nicht richtig verstanden. Anstatt auf Partys zu gehen, hielt sie sich lieber stundenlang im Wald auf. Nur gelegentlich traf sie sich mit ihren Schulfreundinnen, ging mit ihnen ins Kino oder zum Baden an den See. Aber nichts war für sie schöner, als im Wald zu sein. Carlina liebte die vielen kleinen Wunder, die sie hier entdecken konnte. Die verschiedenen Blumen und Kräuter am Waldboden, der Wechsel der Jahreszeiten, die Vögel, und manchmal, wenn sie sich still verhielt, konnte sie sogar Hasen, Rehe oder Wildschweine beobachten. Oft setzte sie sich an den Rand ihrer Lichtung, die sie eines Tages gefunden hatte.

Es machte ihr nichts aus, alleine im Wald zu sein, sie fühlte sich dort nie einsam und hatte auch keine Angst. Aber es kränkte sie, dass viele Menschen ihr Verhalten nicht verstanden und sie ändern wollten. Oft war sie gezwungen, sich gegen Kritik zu verteidigen. Erst am Tag zuvor hatte ihre Tante angerufen und sie wiederholt eingeladen, die Ferien bei ihr in der Stadt zu verbringen, das würden doch heute alle Jugendlichen gerne tun. Sie dachte wohl, Carlina damit eine Freude zu machen. Das Gegenteil war der Fall.

Wenn ich doch nur verstehen könnte, warum meine Tante mich nie so akzeptiert, wie ich bin, dachte Carlina. Wieso glaubt sie immer noch, dass ich gerne in die Stadt fahre? Das Mädchen fand es ungerecht, mit allen anderen in eine Schublade gesteckt zu werden. Wieso geht meine Tante überhaupt davon aus, dass alle in einem bestimmten Alter gleich sind? Offenbar kann sie auch nicht damit umgehen, wenn ich nicht ihren Erwartungen entspreche, dachte Carlina. Sonst würde sie mir nicht ständig ihren Willen aufzwingen wollen. Aber warum können einige Menschen nicht unvoreingenommen auf andere zugehen?

Carlina löste ihre Hände vom Eichenstamm und ging weiter. Ihr Ärger über den ausgerupften Löwenzahn war verflogen. Die Natur wirkte immer heilsam auf ihre Seele. Sie betrachtete aufmerksam die Struktur der Baumkronen, die herrlich anzusehen waren. Das schützende Blätterdach über ihr, die Stämme als Stützpfeiler, die Büsche als Wände – sie fühlte sich wie in einem großen Zimmer. Der Wald war ihr Zimmer. Menschen hätten es nicht besser bauen können. Bald hatte sie ihre Lichtung erreicht, und sie setzte sich an deren Rand auf einen umgestürzten Baumstamm.

Jana
Bekanntes und Ungewohntes

Carlina wurde abrupt aus ihren Gedanken gerissen, als sie eine Frau auf der Lichtung entdeckte. Die Alte trug ein blasses blaues Leinenkleid, das etwas zu groß wirkte und irgendwie auch einzigartig zu sein schien. Carlina machte sich nichts aus Äußerlichkeiten, darum bemerkte sie nicht, dass das Kleid schon recht abgenutzt war. Sie wunderte sich bloß, so tief im Wald überhaupt einen Menschen zu treffen. In Selbstgespräche vertieft ging die Frau umher, blieb dabei aber hier und dort stehen. Was sprach sie da? Endlich konnte Carlina einige Wortfetzen erhaschen. Es war ihr, als würde die Frau mit den Tieren und Pflanzen sprechen, jedoch in einer Weise, wie sie es noch nie bei einem Menschen erlebt hatte. Obwohl die Tiere unmöglich in der gleichen Sprache sprechen konnten, schien es, als führe die Alte mit ihnen richtige Gespräche. Es war auch faszinierend zu beobachten, wie zärtlich sie die Pflanzen berührte. Auf einmal erblickte die Frau das Mädchen und ging zu ihr hinüber.

»Darf ich mich einen Moment zu dir setzen und meine müden Beine ausruhen?«, fragte sie.

»Natürlich, bitte schön.« Carlina rutschte etwas beiseite und überließ der Fremden den bequemeren Platz auf dem Baumstamm. In diesem Moment rannte ein Reh mit großen Sprüngen über die Lichtung und verschwand in den Büschen auf der gegenüberliegenden Seite.

»Willst du nicht aussprechen, was dich bedrückt?«

Carlina zuckte zusammen. War es so offensichtlich, dass sie betrübt war? Oder konnte die Alte in ihren Gedanken lesen? Sie spürte jedoch ein tiefes Vertrauen zu dieser Frau, und so erzählte sie ihr, was sie belastete.

»Für meine Tante ist es ein Problem, wenn jemand anders ist als sie selbst. Sie kommt oft nicht einmal auf die Idee, dass jemand anders sein könnte. Sie erwartet, dass sich in bestimmten Situationen jeder gleich verhält, dass jeder dasselbe mag und gleich empfindet. Diese Verhaltensweise fällt mir auch bei einigen anderen auf. Nur weil viele gerne in die Stadt fahren oder laute Musik mögen, erwarten sie das auch von mir. Warum?«

»Das ist allerdings nicht leicht zu beantworten«, sagte die alte Frau und hüllte sich eine Weile in Schweigen. Endlich zeigte sie zum Himmel hinauf und sagte: »Siehst du den Vogelschwarm? Diese Vögel haben eine weite Reise hinter sich, von ihrem Winterquartier in Afrika sind sie bis zu uns geflogen. Manche weichen auf ihrem Zug schon kleinen Seen aus. Sie fliegen lieber am sicheren Ufer entlang, dort können sie sich jederzeit vor jagenden Greifvögeln verstecken. Andere Arten fliegen dagegen weite Strecken übers offene Meer. Selbst wenn wir nicht verstehen, warum die einen sich so verhalten und die anderen anders, können wir doch annehmen, dass alle zu ihrem Besten handeln.« Sie fuhr fort: »Kennen wir nur die eine Art, die übers offene Meer fliegt, irritiert uns das Verhalten der anderen Art, die nur am Ufer entlang fliegt. Wir könnten sie für ängstlich halten und deshalb verspotten. Tatsächlich brauchen wir sie jedoch gar nicht zu verstehen. Es reicht, wenn wir akzeptieren, dass nicht für jeden das Gleiche gut ist.«

»Warum kann meine Tante mich dann nicht einfach akzeptieren, wie ich bin? Warum steckt sie mich immer in eine Schublade mit anderen?«, fragte Carlina.

»Nicht jeder hat eine Wahrnehmung, die fein genug ist, einen anderen auf den ersten Blick richtig einzuschätzen«, erwiderte die alte Frau. »Unbewusst schließen wir von dem, was wir kennen, auf das, was neu ist für uns. Können wir etwas nicht gleich einordnen, irritiert uns das. Viele lehnen das Unbekannte sofort ab oder haben sogar Angst davor. Man kann dieses Ungewohnte aber auch kennenlernen und dadurch über sich selbst hinauswachsen.«

Die Frau folgte mit ihrem Blick einem Pfauenauge, das ganz nah an ihnen vorbei flatterte.

»Begleite mich doch auf meinem Weg durch den Wald«, fügte sie hinzu. »Ich möchte dir gerne einige meiner Freunde vorstellen, vielleicht können sie deine Fragen beantworten.«

Die Alte hatte eine so liebenswürdige Art, dass Carlina nicht widerstehen konnte. Außerdem war sie neugierig auf die Freunde, von denen die Frau gesprochen hatte.

»Ich heiße übrigens Jana«, sagte die Frau, als sie aufstand.

»Ich bin Carlina«, sagte das Mädchen.

Das Eichhörnchen

Zweifeln und Verstehen

Jana blieb stehen und lauschte. Jetzt hörte sie die kratzenden Laute erneut. Sie sah an einer Buche empor und entdeckte gleich das Eichhörnchen. Seine Krallen hatten die Geräusche verursacht, als es am Stamm hinaufgerannt war. Nun saß es auf einem dicken Ast. Zwischen seinen kleinen Pfoten hielt es eine Nuss. Mit ein paar geübten Bissen knackte es die Schale und verzehrte den Inhalt.

»Guten Tag, Eichhörnchen«, sagte Jana in ruhigem Ton, »wie ich sehe, hast du noch eine große Nuss gefunden.«

Einige Schalenteile fielen vom Baum herunter, als das Tier die Vorderpfötchen an den Ast legte. Es stellte die Ohren und bauschte den Schwanz. Neugierig blickte es aus seinen großen schwarzen Augen herunter, als fühle es sich tatsächlich angesprochen.

»Eichhörnchen, ich habe heute ein Mädchen mitgebracht, das dich kennenlernen möchte. Sie heißt Carlina und ist betrübt darüber, dass viele Menschen den Kern einer Persönlichkeit nicht wirklich erkennen können.«

Carlina traute ihren Ohren nicht, als nun vom Baum herab einige pfeifende Laute ertönten.

»Hast du es verstanden?«, fragte Jana.

»Nein, wie denn? Ich kann ja keine Eichhörnchensprache.«

»Es sagte: Wir sollten niemanden nach seinem Äußeren beurteilen, sondern immer nach seinen inneren Werten. Nur diese machen die wahre Persönlichkeit aus. Sei einfach du selbst, und mach dir nichts daraus, was andere über dich denken. Wichtig ist, dass du selbst an dich glaubst!«

»Hat es das wirklich gesagt?«, fragte Carlina.

»Ja«, nickte die Frau. Als sie Carlinas fragendes Gesicht sah, ergänzte sie: »Tiere sind intelligente Wesen. Man muss sich nur richtig in sie hineinversetzen, sie genau beobachten, ihre Aufmerksamkeit erhalten und das eigene Bewusstsein erweitern, indem man die eigenen Gedanken zum Schweigen bringt, dann versteht man sie auch.«

Carlina war vor Staunen der Mund offenstehen geblieben.

»Was ist?«, fragte Jana. »Kannst du nicht glauben, was du gerade erlebt hast?«

»Nein«, stotterte sie, »ich hatte immer ein gutes Verhältnis zu Tieren, aber diese Art der Kommunikation ist mir fremd.«

Das Eichhörnchen wandte sich ihnen erneut zu und übte eine Zeit lang geduldig mit Carlina. Das Mädchen konzentrierte sich und merkte auf einmal verwundert und überglücklich, dass sie es tatsächlich verstehen konnte.

Nun sagte das Eichhörnchen: »Es gibt eine universelle Sprache, die alles verbindet. Aber die meisten Menschen verlernen es, auf diese Art zu kommunizieren, während sie heranwachsen. Kleine Kinder nehmen instinktiv das Innere von jedem war, und wir Tiere können hervorragend mit ihnen kommunizieren. Doch die Erwachsenen lehren sie früh, dass sie diesem Instinkt nicht trauen, sondern andere nach dem Äußeren beurteilen sollen. Was die Erwachsenen aber versäumen, ist, den Kindern einen behutsamen Umgang mit anderen Lebewesen beizubringen. Viele sehen in Tieren roboterartige Geschöpfe, und Pflanzen sind für sie lebloses Grünzeug. Damit rechtfertigen sie ihr unsensibles Verhalten.«

Carlina sah an sich hinunter und überlegte. Sie trug bequeme Turnschuhe und helle Jeans im modernen Schnitt. Das türkisfarbene T-Shirt mit aufgedruckten Schmetterlingen war ihr Lieblingsshirt. Den grauen Kapuzenpulli hatte sie um die Hüfte gebunden. Die langen braunen Haare trug sie offen. Sie war schlank, groß und sportlich, und wenn es stimmte, was ihre Mutter sagte, war sie auch hübsch.

»Ich unterscheide mich äußerlich kaum von anderen Vierzehnjährigen«, sagte sie schließlich. »Darum können viele Menschen jemanden wie mich also nicht richtig einschätzen. Sie können mein Inneres, mein wahres Wesen nicht erkennen, sie sehen nur das Äußere.«

»Und vom Äußeren schließen sie auf das Innere. Gleicht das Äußere dem eigenen, wird auch das Innere als gleich beurteilt. Ist jedoch die äußere Erscheinungsform anders, wird daraus wiederum entsprechend auf das Innere geschlossen«, ergänzte das Eichhörnchen und ließ dabei seinen aufmerksamen Blick wiederholt durch die nahe Umgebung wandern.

»Statt die wichtigen Gemeinsamkeiten im Inneren zu sehen, erkennen sie also nur die unbedeutenden Unterschiede im Äußeren«, sagte Carlina.

Jana nickte.

»Kann jemand etwas, das wir selbst nicht können, erscheint uns das zweifelhaft«, sagte sie. »Dass man mit einem Eichhörnchen kommunizieren kann, schien dir zunächst auch unglaublich. Du hättest den Kopf schütteln und weglaufen können. Du hast jedoch etwas anderes getan: Du hast nachgefragt. Dadurch konntest du lernen, Tiere zu verstehen. Tun wir jedoch etwas ab, was wir nicht gleich begreifen, werden wir immer wieder davor wegrennen. Unsere Zweifel werden wir so aber nicht los.«

»Richtige Kommunikation verhindert Missverständnisse«, sagte das Eichhörnchen.

Jana sah nach oben.

»Danke für das bedeutsame Gespräch«, sagte sie.

Auch Carlina dankte dem Eichhörnchen für das Vertrauen.

»Mit Menschen habe ich noch nie so berührende Momente erlebt wie jetzt mit dir«, fügte sie hinzu. »Dies bedeutet mir sehr viel.«

»Man darf an niemandem zweifeln, nur weil man ihn nicht kennt, weil er als böse dargestellt wird, anders denkt oder etwas anderes kann. Nur er allein weiß, was in ihm steckt«, sagte das Eichhörnchen und huschte weiter den Stamm empor. Von der rückwärtigen Seite warf es noch einen letzten Blick zu ihnen hinunter, dann sprang es auf den nächsten Baum und war verschwunden.

Der Wolf

Vorurteile und Erwartungen

Inzwischen waren sie viel tiefer im Wald, als Carlina jemals gewesen war.

»Was suchst du eigentlich?«, fragte sie.

»Die Spur des Wolfes.« Während sich Jana immer wieder aufmerksam umsah, fügte sie erklärend hinzu: »Hier in dieser Gegend ist sein Revier. Er ist jedoch mindestens so schwer zu finden wie ein Hirschkäfer. Menschen weicht er grundsätzlich aus, aber er ist ein Freund von mir. Sobald er mich erkannt hat, wird er sich schon zeigen.«

»Ein richtiger Wolf? Das wäre ja großartig! Ich habe noch nie einen gesehen. Ich habe noch nicht einmal gewusst, dass hier einer lebt!«

»Kaum jemand weiß es. Scheue Tiere, die im Verborgenen leben, fallen wenig auf. Das ist auch gut so.«

»Wenn er so scheu ist, zeigt er sich vielleicht gar nicht, wenn ich dabei bin.«

»Hier sind frische Pfotenabdrücke«, flüsterte Jana plötzlich. »Er muss ganz in der Nähe sein. Da vorne bei dem Felsen ist unser geheimer Treffplatz. Lass uns dort warten, dann kann er sich langsam nähern und Vertrauen gewinnen. Wir müssen uns aber ganz ruhig verhalten und dürfen keine hektischen Bewegungen machen.«

Sie setzten sich auf den Fels, der mit Flechten überwachsenen war. Ein schwacher Wind ließ die Blätter rascheln, und die Lichtflecken des einfallenden Sonnenlichts tanzten über den Waldboden. Carlina erbebte vor innerer Aufregung und Vorfreude. Endlich würde sie einen Wolf in freier Natur sehen können! Einige Zeit verging, doch plötzlich kam ein feines Rascheln immer näher. Etwas bewegte sich im Gebüsch, und auf einmal spähte ein großes hundeartiges Gesicht mit leuchtenden Augen durch frisches Buchengrün.

»Hallo mein Schöner«, grüßte Jana das Tier mit ihrer sanften Stimme, »ich habe eine Freundin mitgebracht, die dich gerne kennenlernen möchte.«

»Hallo Wolf, ich bin Carlina. Du brauchst keine Angst vor mir zu haben.«

Der schüchterne Wolf streckte seinen Kopf aus dem Versteck heraus, blieb aber zwischen tarnenden Zweigen stehen. Schnuppernd reckte er seine schwarze Nase in die Luft.

»Ich nähere mich Menschen immer nur sehr vorsichtig, weil sie uns oft behandeln, als seien wir Bestien.«

»Das kommt sicher von den Märchen, in denen ihr immer die Bösen seid, und der menschlichen Angst vor dem ungezähmten Wilden«, sagte Carlina. »Ich bin sehr froh, dass ich dich kennenlernen darf und erfahren kann, wie du wirklich bist. Ich bin mir sicher, dass du keine Bestie bist.«

»Danke«, sagte der Wolf und richtete seine spitzen Ohren auf. »Was denkst du, was stimmt eher: Das, was du selbst erlebst, auch wenn es noch so unglaublich scheint, oder das, was irgendjemand dir einzureden versucht, ohne dass du weißt, wie er zu dieser Erkenntnis kam?«

»Natürlich das, wovon ich mich selbst überzeugen konnte«, sagte Carlina.

»Einige machen es sich sehr leicht und plappern einfach nach, was andere sagen«, sagte Jana. »So entstehen Urteile, deren Wahrheit nicht überprüft wird und die oft ungerecht sind. Zusammen mit den Vorurteilen übernehmen diese Menschen voreilig eine Meinung, die meist von feindseligen Gefühlen geprägt ist. Wir werden jedoch nie unvoreingenommen auf etwas zugehen können, wenn wir die Vorurteile anderer übernehmen.«

»Menschen haben leider nicht nur gegenüber Tieren Vorurteile«, fügte Carlina hinzu. »Gerade wenn ein Mensch anders ist, als es häufig üblich ist, wird er oft nicht respektiert. Viele Menschen gehen von sich aus und meinen, alle müssten genauso sein. Das erfahre ich selbst immer wieder. Ich könnte mich anpassen, aber ich sehe keinen Grund dazu, denn ich fühle mich wohl, so wie ich bin.«

»Auch die Erwartung spielt eine Rolle«, sagte Jana. »Sie beeinflusst unser Verhalten. Erwarte ich beispielsweise, dass ein Wolf böse ist, werde ich Angst vor ihm haben und mich entsprechend verhalten. Habe ich den Wolf erschossen und erkenne erst dann, dass er gar nicht für die böse Tat verantwortlich war, ist es zu spät.« Sie wandte sich dem Mädchen zu. »Nehme ich an, dass du, wie andere Jugendliche, gerne in die Stadt zum Bummeln gehst, werde ich dich dazu einladen. Trifft meine Erwartung nicht zu, könnte ich denken, du seist nicht normal und würde dich deswegen vielleicht necken. Denn trifft das Erwartete nicht ein, verschließt man sich häufig vor der Wirklichkeit. Wenn ich dich hingegen ohne Erwartung einfach gefragt hätte, was du gerne machst, hätte ich mehr über deine Liebe zum Wald erfahren, und du hättest mir zeigen können, warum du dort so gerne bist.«

»Indem man an seiner Erwartung und seinen Vorurteilen festhält, blockiert man sich selbst dabei zu erkennen, wie jemand wirklich ist«, sagte der Wolf. »Sei offen für Neues, Carlina, bilde dir deine eigene Meinung über die Dinge und hinterfrage die Sichtweise anderer.«

Nun kam der Wolf ganz aus seinem Versteck heraus.

Carlina bewunderte das Tier, seinen anmutigen starken Körper, die leuchtenden Augen und sein glänzendes, graubraun gemustertes Fell.

»Ich werde dich nie vergessen«, sagte sie ehrfürchtig. »Selbst wenn ich dich nicht sehen kann, weiß ich, dass du ganz in meiner Nähe lebst. Das wird meine künftigen Ausflüge in den Wald noch geheimnisvoller machen. Und doch bin ich mir sicher, dass du mir nie etwas antun wirst, solange ich mich respektvoll verhalte.«

Das Wildschwein

Eigenständige Persönlichkeit

»Pfui, welche Schweine haben denn hier gehaust?«, fragte Carlina, als sie an einer Bank vorbeikamen, vor der Chips-Tüten, Getränkedosen, Bonbonpapier und Zigarettenstummel lagen.

»Die menschlichen Schweine, wie ich sehe«, sagte Jana und begann den ganzen Müll in eine Chips-Tüte zu stecken.

Gemeinsam hatten sie die Sauerei schnell beseitigt. Die alte Frau steckte die prallgefüllte Tüte in den Leinenbeutel, den sie über ihrer Schulter hängen hatte, dann gingen sie weiter. Sie bogen auf einen kleinen verwilderten Pfad ab. Bald lichtete sich das Unterholz. Wildschweine hatten hier und dort den Waldboden nach Wurzeln, Samen und Pilzen durchwühlt.

»Das, was die Wildschweine hinterlassen, ist wenigstens nicht so problematisch wie das, was diese Menschen zurückgelassen haben«, stellte Carlina fest. »Es ist wenigstens natürlich, im Gegensatz zu Plastik und Dosen.«

Eine Bache hielt sich mit ihren Frischlingen in der Nähe auf und ließ sie langsam herankommen. In angemessenem Abstand blieb Jana stehen.

»Grüß dich, Wildschwein«, sagte sie. »Wie geht es deinen Jungen? Sie gedeihen prächtig, wie ich sehe.«

Das gutmütige Tier wendete ihnen seinen gedrungenen massigen Körper zu und betrachtete sie genauer.

»Das ist Carlina«, fuhr Jana fort. »Sie begleitet mich heute, weil sie gerne von euch Tieren lernen möchte. Magst du ihr etwas aus deiner Erfahrung beim Aufziehen der Jungen erzählen?«

»Wir dürfen nicht über einen anderen bestimmen, nicht einmal über ein kleines Kind oder ein Tier. Doch all zu oft bestimmen die Großen über die Kleinen. Es ist zwar sehr leicht, über einen Schwächeren zu bestimmen. Doch jeder ist eine eigenständige Persönlichkeit mit einem freien Willen, den es zu achten gilt. Gewiss ist keiner gezwungen, einen anderen anzuerkennen. Trotzdem hat jeder ein Recht darauf, so zu sein, wie er ist.«

Carlina nickte. Als sie die ausgelassen umhertollenden und quiekenden Schweinchen beobachtete, musste sie lachen.

»Deinen Kindern geht es bestimmt blendend, wenn ihre Mutter eine so herzensgute Einstellung hat.«

»Ich habe schon viele Jungen großgezogen. Ein paar Grenzen muss man ihnen zeigen. Ansonsten ist es am besten, die Qualitäten zu fördern, die in jedem Einzelnen von Geburt an angelegt sind. Dazu muss man nicht viel tun, außer sie ein wenig auf ihrem Weg zu unterstützen, wenn sie einen brauchen. Wer seiner natürlichen Begabung folgen darf, findet leicht seinen Weg. Andere können dann von seinen Stärken profitieren.«

»Erst die Unterschiede der Persönlichkeiten bringen eine interessante Vielfalt und bereichern eine Gruppe«, ergänzte Jana. »Viele, die wir heute als Genies bezeichnen, weil sie Herausragendes geleistet haben, wurden von ihren Zeitgenossen verspottet. Hätten diese besonderen Menschen nicht an ihren Erkenntnissen festgehalten, hätte es keinen Fortschritt gegeben, und wir wären nicht da, wo wir jetzt sind.«

»Gehe deinen eigenen Weg, und lebe deine Stärken«, sagte das Wildschwein. »Bleibe dir selbst treu, liebe und vertraue. Eines Tages wirst du dasselbe erfahren, und man wird dich so akzeptieren, wie du bist. Und es wird vielleicht sogar einige geben, die damit angeben wollen, dass sie einen so besonderen Menschen wie dich kennen«, fügte es hinzu und grunzte freundlich zum Abschied.

Der Zitronenfalter

Die eigene Wirklichkeit

Der Kies knirschte unter ihren Schuhen, als sie einen sonnigen Waldweg entlang gingen. An den Wegrändern blühten vielerlei blaue und rote, weiße und gelbe Blumen. Emsige Bienen und Hummeln huschten von Blüte zu Blüte und suchten Nektar.

»Wir werden in unterschiedlichen Kulturen geboren«, sagte Jana. »Wir erhalten eine unterschiedliche Bildung, lesen andere Bücher, machen unsere eigenen Erfahrungen, und auch, wie wir etwas wahrnehmen, variiert. Alles das entscheidet, wie wir die Welt sehen. Daher gibt es so viele Wirklichkeiten, wie es Lebewesen auf der Erde gibt.«

»Mit diesem Thema seid ihr bei mir richtig«, mischte sich der umsichtige Zitronenfalter in das Gespräch ein. »Wenn sich jemand mit verschiedenen Wirklichkeiten auskennt, dann ein Schmetterling. Verwandeln wir uns doch während unseres Lebens von der Wesensform einer Raupe in die Form eines Falters.«

»Ihr seid wirklich erstaunliche Tiere«, sagte Carlina und kniete am Wegrand nieder, um den Schmetterling näher zu betrachten.

Er hielt seine etwas eckigen Flügel geschlossen. Sie waren kräftig zitronengelb mit einem Hauch Grün und zeigten zwei kleine dunkle Punkte sowie deutliche Adern. Der Falter wirkte eher wie ein trockenes Blatt, doch er bildete einen schönen Farbkontrast zu der lila Blüte, auf der er saß. Sein Körper war mit zartem Flaum bedeckt, und seine Fühler wirkten filigran.

»Als Raupe hatte ich einen langen, rundlichen Körper, saß auf Blättern und fraß mich dick. Dann habe ich mich verpuppt. Nun als Schmetterling darf ich erleben, wie es ist zu fliegen, und ich darf süßen Nektar schlürfen. Dabei lerne ich die Welt aus einem ganz anderen Blickwinkel kennen und erfahre eine andere Wirklichkeit.«

»Wir Menschen erleben nie einen Wandel, der so grundlegend ist«, sagte Carlina.

»Doch, wir verändern uns im Geist«, sagte Jana. »Diese Entwicklung ist von außen allerdings nicht sichtbar. Deshalb vergessen wir leicht, dass sich nicht jeder auf der gleichen Entwicklungsstufe befindet.«

»Menschen werden ohne ein Wissen über die Welt geboren«, sagte Carlina. »Wie die Raupe müssen wir zuerst fressen, um fliegen zu können. Das Wissen ist die Nahrung, die unserem Geist Flügel verleiht. Was wir jedoch zu uns nehmen, ist sehr unterschiedlich. Wir probieren da ein bisschen und bekommen dort ein wenig«, überlegte sie, während sie beobachtete, wie der Schmetterling zur nächsten Blüte flog, seinen Rüssel ausrollte und etwas Nektar kostete.

»Und so sind unsere individuellen Perspektiven so vielfältig wie das Leben selbst. Jeder entwickelt sein eigenes Bild von der Welt, je nachdem, was er gelernt hat«, ergänzte Jana. »Wer nicht weiß, dass viele Blüten von Insekten bestäubt werden müssen, um Früchte zu bilden, wird die Insekten vielleicht als Schädlinge betrachten und töten. Später wundert er sich dann, dass keine Früchte reifen.«

»Hast du noch ein weiteres Beispiel?«, fragte Carlina.

»Wer in einer Kultur lebt, in der man den Tod für das Ende des Lebens hält, kann sich nicht vorstellen, dass es ein Leben nach dem Tod gibt. Sind wir fest davon überzeugt, dass unser Leben zu Ende ist, wenn wir sterben, dann akzeptieren wir das als unsere Wirklichkeit. Glauben wir allerdings an ein Leben nach dem Tod, leben wir in einer anderen Wirklichkeit. Prallen solche Überzeugungen aufeinander, ist es nicht immer leicht zu verstehen, warum jemand anders denkt, denn man hält die eigene Sicht für die einzig richtige. Dadurch kommt es oft zu Konflikten.«

Eine große Hummel brummte heran und landete auf einer Blüte neben dem Schmetterling. Ihr Gewicht zog die Blüte nach unten, und die Hummel flog schnell wieder auf. Ein paar Mal kreiste sie über der Pflanze, schließlich flog sie davon, und ihr Brummen verlor sich in der Ferne.

»Für uns ist es kein Problem, beide Wirklichkeiten zu akzeptieren«, sagte der Schmetterling. »Wir werden als Raupen geboren. Möchten wir fliegen können, müssen wir zuerst unser Raupenstadium durchleben.«

»Das eigene Entwicklungsstadium zu akzeptieren ist generell sicher leichter, als das eines anderen hinzunehmen«, sagte Carlina.

»Dabei befindet sich jeder in seiner eigenen Entwicklung von der Raupe zum Schmetterling«, gab Jana zu bedenken. »Wann wir unsere Flügel ausbreiten, ist sehr unterschiedlich. Manche bleiben lange eine Raupe, andere entfalten ihre Flügel schon sehr früh. Wenn wir verstehen, dass sich jeder seine eigene Wirklichkeit formt und wir nicht alle Faktoren kennen, die eine Persönlichkeit prägen, können wir viele Konflikte vermeiden.«

Der Zitronenfalter kreiste einmal um die Frau und das Mädchen herum, dann flog er weiter auf seinem eigenen Weg.

Der Kuckuck

Das Eigene und das Fremde

»Du hast vorher erwähnt, dass wir das **Eigene** als das einzig Richtige erleben«, sagte Carlina.

»Aber erst durch etwas Fremdes wird das **Eigene** erkennbar«, erwiderte Jana.

»Kuckuck, kuckuck ...«, rief es vom Wipfel einer **Birke**.

»Hallo Kuckuck. Möchtest du kurz zu uns **herunterkommen**? Wir würden gerne deine Ansicht hören«, sagte Jana.

Der Kuckuck unterbrach sein Rufen, erhob sich in **die Luft**, flog einen kleinen Kreis und landete auf einem der unteren Äste. Mit seinem grauen Gefieder sowie dem hell und dunkel gestreiften Bauch ähnelte er dem Sperber.

»Worum geht es denn?«

»Wir reden gerade über das Eigene und das Fremde«, sagte Jana. Sie drehte sich zu Carlina und sprach weiter: »Das Eigene, das, was man selbst ist, gilt als selbstverständlich, solange es nicht aus der Perspektive eines Fremden, also von jemandem, der anders ist, betrachtet wird. Etwas Fremdes weckt in einer Person fremde Seiten. Das würde zur Ablehnung der eigenen Person führen, wenn man den anderen nicht ablehnen würde.«

»Das klingt kompliziert«, sagte Carlina. »Meinst du: Jemand, der so ist wie ich, wird leicht mein Freund, während jemand, der anders ist, einfach abgelehnt oder gar als Feind betrachtet wird?«

»Dazu habe ich ein Beispiel«, unterbrach der eigenwillige Vogel das Mädchen. »Für mich ist es selbstverständlich, wie ich bin. Für die übrigen Vogelarten nicht. Ich lehne deren Lebensstil ab und auch ihre Art und Weise, den Nachwuchs großzuziehen. Würde ich das nicht tun, müsste ich meine eigene Lebensform in Frage stellen, denn ich könnte auch so sein wie sie. Das bin ich aber nicht, ich hege keine elterlichen Gefühle. Doch indem andere Vögel meine Jungen großziehen, helfen sie mir sogar, mich abzugrenzen.« Der etwa taubengroße Vogel hielt in seiner Rede inne.

»Das Fremde, Unverständliche zwingt uns, genauer hinzusehen«, sagte Jana an das Mädchen gewandt. »Und das ist nicht einfach. Konflikte mit dem Fremden spiegeln Konflikte im eigenen Sein wieder.«

»So sehr mir der Lebensstil anderer Vögel missfällt, so sehr bin ich doch von ihnen abhängig. Ich brauche sie, um meine Jungen aufzuziehen. Ich könnte meine Freiheit nicht genießen, wenn ich meinen Nachwuchs selber großziehen müsste. Damit meine Art überleben kann, müssen wir eine Lösung finden, wie unsere Jungen versorgt werden können. Wir sind frei und doch abhängig. Das ist unser Konflikt.«

Jana sah über die Moorlandschaft, die sich vor ihnen ausbreitete. Hellrosa und pinkfarbene Knabenkraut-Orchideen leuchteten auf den grünen Wiesen. Erlen, Birken und Faulbaum bildeten kleinere und größere Baumgruppen.

»Dann gibt es noch die Rolle des Gastes«, fuhr Jana schließlich fort. »Der Gast ist der Fremde, den man freundlich empfängt. Wir können ihm seine Eigenheiten gewähren, weil er nicht lange bleiben wird. Und dann spielt die eigene Erwartung noch eine Rolle. Denn ob der Andere tatsächlich fremd ist oder nur als fremd erscheint, weil er als fremd betrachtet wird, ist ein Unterschied.«

»Mit Erwartungen können wir uns selbst blockieren, das habe ich inzwischen verstanden«, sagte Carlina.

»Derjenige, der als fremd erkannt wird, erlebt ein Gefühl des Ausgeschlossenseins und damit die existenzielle Erfahrung der Isolation. Diese Isolation bietet jedoch zugleich eine Chance. Wer isoliert ist oder sich stark abgrenzt, kann sich besser der Kontrolle durch jene entziehen, die anders sind. Er muss sich nicht anpassen, sondern kann der eigenen Persönlichkeit treu bleiben und so etwas ganz Eigenes werden oder etwas Neues erschaffen.«

»Soll das etwa ein Hinweis auf eine Chance für mich sein?«, fragte Carlina.

»Vielleicht«, sagte Jana und lächelte sie an. »Bist du heute schon jemals abgelehnt oder nicht verstanden worden?«

»Nein, kein einziges Mal. Zumindest seit ich mit dir unterwegs bin. Dann kommt es wohl auf den Personenkreis an, in dem ich mich bewege.«

»Manche werden wohl immer Fremde bleiben. Andere sind vielleicht einfach noch nicht bereit«, sagte der Kuckuck.

»Dankeschön, du bist ein sehr kluger Vogel. Auf Wiedersehen«, sagte Carlina.

Der Schwarzspecht
Äußere und innere Sinneseindrücke

Jana ging auf dem schmalen Pfad durch die feuchte Moorwiese voraus. Bei jedem Schritt schmatzte es, aber sie sanken nicht tief ein. Über sehr nasse Wegstücke führten sogar Holzstege. Dann ging es wieder auf weichem Waldboden durch ein Wäldchen. Auf einmal trommelte es laut in den Baumkronen. Jana lauschte und ging um eine alte Fichte herum. Carlina folgte ihr und entdeckte als Erste den Schwarzspecht. Einige Meter über dem Boden saß der prächtige schwarze Vogel. Die beiden Besucherinnen beobachteten, wie sich der Kopf mit der roten Haube blitzschnell auf einen älteren Teil des Stammes zu bewegte. Ein neuer Trommelwirbel ertönte, als der Schnabel gegen das Holz schlug. Einige große Späne fielen dabei herunter.

»Ist der Stamm nicht hart? Das Holz ist doch noch gar nicht richtig morsch«, rief Carlina hinauf.

Der große Specht zuckte erschrocken zusammen, hielt jedoch im Klopfen inne.

»Nein, für mich ist das Holz nicht hart.«

»Hier hast du ein wunderbares Beispiel für verschiedene Empfindungen«, wandte sich Jana an das Mädchen. »Es gibt übrigens zwei verschiedene Arten von Sinneseindrücken.«

»Darf ich es ihr erklären?«, bat der zuvorkommende Specht und kletterte ein Stück den Stamm herunter. »Die eine Art der Eindrücke betrifft das Äußere der Dinge. Ihre Form, Größe, Bewegung oder Anzahl. Hierbei können wir uns sicher sein, dass wir alle die gleichen Eigenschaften erkennen können. Die zweite Art der Sinneseindrücke bezieht sich auf das Innere der Dinge. Empfindungen wie Geschmack, Geruch, Lautstärke, Schmerz, Farbe und so weiter können variieren.«

»Ich verstehe«, sagte Carlina. »Wenn ich drei Dinge in der Hand halte, wie zum Beispiel eine Walderdbeere, einen Tannenzapfen und einen Regenwurm, lässt sich diese Anzahl nicht bestreiten. Egal, was es im Einzelnen ist: Es sind genau drei Dinge. Ich selbst würde nur die süße Walderdbeere essen wollen. Einer Amsel schmeckt auch der Regenwurm, und das Eichhörnchen bevorzugt die Samen des Zapfens«, sagte sie.

»Solche Eigenschaften variieren jedoch nicht nur zwischen Mensch und Tier, sondern auch von Mensch zu Mensch«, sagte die alte Frau.

Carlina sah zu einer Gruppe abgestorbener Bäume hinüber. Nur ihre rindenlosen grauen Stämme ragten noch in die Höhe. Selbst in ihrer Vergänglichkeit waren sie wunderschön.

»Ich liebe den Gesang der Vögel und kann mir keine schönere Musik vorstellen«, überlegte das Mädchen weiter. »Meine Klassenkameraden können das nicht verstehen. Sie mögen lieber laute Popmusik.«

»Und so variieren alle Eindrücke der inneren Art. Was der eine süß findet, kann für den anderen sauer sein. Ein grüner Farbton kann als schön oder hässlich empfunden werden. Aber eins und eins ergibt immer zwei, und etwas Rundes kann nicht als eckig wahrgenommen werden«, sagte der Schwarzspecht.

»Es ist falsch, jemanden zu verurteilen, weil er lieber den Vögeln lauscht, anstatt Musik zu hören«, meinte Carlina.

Der Specht applaudierte mit einem neuen Trommelwirbel.

»Genau«, sagte Jana. »Keiner hat in dieser Hinsicht recht, aber es irrt sich auch keiner. Ihr empfindet dieselben Dinge einfach unterschiedlich. Man kann nicht die eigene Empfindung auf einen anderen übertragen. Denn wir können nur erleben, wie etwas auf unsere eigenen Sinne wirkt. Wir kennen nur unsere Sinne, andere können anders empfinden, und das gilt es zu berücksichtigen. Gefällt dir das neue Lied eines Popsängers nicht, deine Mitschüler schwärmen aber sehr für ihn, so solltest du deine Abneigung vielleicht besser für dich behalten.«

»Wenn diese ihre Ablehnung gegenüber dem Gesang der Amsel nur auch für sich behalten könnten«, klagte Carlina. »Oder, wenn sie das Vogelgezwitscher wenigstens nicht mit ihrer lauten Musik übertönen würden.«

Jana drehte sich wieder dem Vogel zu.

»Vielen Dank für deine Unterstützung«, sagte sie. »Alles Gute für dich.«

Die Kreuzotter

Das Gute und das Böse

Plötzlich blieb Carlina erschrocken stehen und schrie auf. Vor ihren Füßen wand sich eine große zischende Kreuzotter. Jana bemühte sich, die Schlange zu beruhigen. Schließlich schlängelte sich diese in den Schutz eines großen Steines. Dadurch beruhigte sich auch Carlina allmählich.

»Einen Moment lang dachte ich, du würdest auf mich treten«, zischte die Kreuzotter.

»Entschuldigung«, sagte Carlina, »es war keine böse Absicht. Ich habe dich nicht gesehen, du warst so gut getarnt. Aber ich hatte riesige Angst, dass du mich beißen würdest.«

»Es ist ja glücklicherweise niemandem etwas passiert«, bemerkte Jana.

»Wer entscheidet, was gut ist und was böse? Müssen wir das wirklich Böse auch akzeptieren?«, fragte Carlina nun.

»Es ist ein Unterschied, ob man etwas Böses mit Absicht tut oder ob es aus Versehen passiert«, sagte Jana. »Manche Handlungen sind an sich gut oder schlecht und müssen entsprechend ausgeführt oder unterlassen werden. So dürfen wir niemandem Leid zufügen oder ihm in Notsituationen die Hilfe verweigern. Ist jemand durch und durch böse, sollten wir das jedoch nicht hinnehmen, sondern Lösungen für ein friedliches Miteinander suchen. Den Menschen ist der Instinkt zum Richtigen aber leider nicht angeboren, sie müssen erst lernen, was angemessenes Verhalten ist. Welche Regeln ein Mensch jedoch als richtig und falsch erlernt, kann sehr unterschiedlich sein.«

»Im Tierreich ist das anders. Wir Tiere handeln nach unseren natürlichen Instinkten, sie sind uns angeboren«, sagte die Schlange.

»Aber nichts ist nur gut oder nur böse, alles hat zwei Seiten«, gab Jana zu bedenken.

»Dein Gift ist gut und böse zugleich«, fügte Carlina hinzu. »Für dich ist es gut, du kannst dich damit wehren und deine Beute erlegen. Für mich ist es schlecht, weil es mir schaden kann. Setzt du es richtig ein, ist das gut, verwendest du es aber mutwillig zu meinem Schaden, ist das böse.«

In der Nähe plätscherte ein kleiner Bach fröhlich vor sich hin. Sein Wasser war rötlich gefärbt und doch klar bis auf den Grund, wo kleine Steinchen wie Goldstaub glitzerten.

»Eine alte Weisheit sagt: Behandle jeden so, wie du selbst behandelt werden möchtest«, sagte Carlina.

»Im Prinzip ist das nicht falsch«, sagte die Kreuzotter. »Aber will tatsächlich jeder auf die gleiche Weise behandelt werden? Für den einen ist es vielleicht lustig, herumgeschubst zu werden, ein anderer mag das jedoch nicht. Daher sollte jeder so behandelt werden, wie es seinen Bedürfnissen entspricht. Die Weisheit sollte also vielmehr lauten: Behandle jeden so, wie er behandelt werden möchte.«

»Werte dienen zur Orientierung, sie sind Leitlinien, an der die Menschen ihr Leben in der Gemeinschaft ausrichten«, sagte Jana. »Toleranz, Solidarität, Respekt – all dies hat deshalb einen bestimmten Wert für das Zusammenleben, weil es die Konflikte in der Gesellschaft löst. Verschiedene Kulturkreise haben allerdings auch verschiedene Werte. Es ist dann nicht immer leicht, zu einer Einigung zu kommen. Dabei ist gerade dies in einer immer stärker vernetzten Welt äußerst wichtig. Es ist aber nicht erlaubt, anderen ihre Würde zu entziehen, um die eigenen Werte durchzusetzen. In dem Moment, in dem wir nach Würde sortieren würden, hätten wir schon sämtliche Würde verloren.«

»Danke für deine Lehre und entschuldige nochmals, dass ich fast auf dich getreten wäre«, sagte Carlina zur Kreuzotter.

»Ich weiß, dass hier der Weg ist, auf dem Menschen gehen, ich hätte mich ja nicht genau hierhin legen müssen«, sagte die Kreuzotter freundlich. Und sie fügte hinzu: »Ob wir Gutes tun oder Böses – alles, was wir anderen zufügen, fügen wir uns selbst zu. Ich wünsche euch beiden noch einen schönen Tag.«

Wie recht sie hat, dachte Carlina, als sie auf dem schmalen Pfad hinter der alten Frau herging. Tue ich etwas Unrechtes, plagt mich mein Gewissen so lange, bis ich es wieder gut gemacht habe. Tue ich dagegen etwas Gutes, fühle ich mich einfach wunderbar.

Die Sonnenblume

Der eigene Platz auf der Welt

Am Rand des Waldweges entdeckte Jana niedergetretenen Giersch, Hahnenfuß und Rotklee. Sie bückte sich und richtete die Blütenstängel und Blätter wieder auf. Ganz behutsam stützte sie die Pflänzchen mit dünnen Zweigen, die sie vom Waldboden aufgesammelt hatte. Carlina war erneut fasziniert, wie zärtlich die alte Frau mit den Pflanzen umging.

»Dort drüben rauscht ein kleiner Bach, kannst du bitte etwas Wasser holen?«, fragte Jana.

Carlina lief hinüber, obwohl sie kein Gefäß hatte, worin sie das Wasser hätte transportieren können. Sie überlegte jedoch nicht lange, sondern hielt ihre beiden Hände zusammen und schöpfte damit das Wasser. Einige Male lief sie hin und her und gab es den Blumen. Es war wunderbar ihnen zu helfen.

»Danke«, sagte Jana schließlich, »ich glaube, das reicht jetzt.«

»Werden sie sich erholen?«

»Ich hoffe es.«

An einem überaus sonnigen Wegrand fand Carlina eine Sonnenblume. Sie betrachtete die stolze Blume lange.

»Die dürfte hier doch gar nicht wachsen«, sagte sie dann, »die gibt es im Wald normalerweise nicht.«

»Beuge dich einmal zu ihr hinunter und lausche«, sagte Jana.

»Nicht nur jede Art, sondern auch jedes Individuum hat seinen eigenen Platz auf der Erde«, wisperte die Sonnenblume in Carlinas Ohr.

»Hast du sie verstanden?«, fragte Jana.

»Ja«, sagte Carlina verblüfft, »sie ist anders als alle anderen Sonnenblumen, die ich kenne.«

»Mir gefällt das Wort ›anders‹ nicht, ich sage lieber ›besonders‹«, unterbrach die Sonnenblume das Mädchen.

»Das ist gut, das gefällt mir«, sagte Carlina. »Am liebsten würde ich dich mitnehmen, damit du mich immer an diese Weisheit erinnern kannst.«

»Sie hat genau hier ihren Platz«, sagte Jana. »Sie möchte nicht an einen anderen Ort gebracht werden, so wie auch du nicht aus deiner Welt gerissen werden möchtest.«

»Ich verstehe, und ich akzeptiere ihren Wunsch.«

»Du kannst sie aber jederzeit besuchen, sie freut sich. Nimm dieses Geschenk der Freundschaft an und bewahre es in deinem Herzen.«

»Du hast mich entdeckt und dich mit mir unterhalten, und du respektierst meinen Willen«, sagte die Sonnenblume, und ihre gelben Blütenblätter schienen bei diesen Worten noch mehr zu strahlen. »Du bist mir als Freundin jederzeit willkommen. Während ich darauf warte, dass du wiederkommst, werde ich mich nicht an irgendein Mädchen erinnern, sondern an ein ganz besonderes, nämlich an dich.«

»Und ich werde mich nicht an irgendeine Blume erinnern, sondern an eine ganz besondere«, sagte Carlina. »Ich werde wiederkommen, ganz bestimmt!«

»Carlina, du hast ein gutes Herz. Bewahre es dir, was auch immer geschehen mag!«

Der Igel

Achtsamkeit und Respekt

»Hallo Igel. Erkennst du mich nicht? Ich bin es, Jana.«

Der Igel, der sich gerade zwischen den Brombeerranken hatte verstecken wollen, blickte nun überrascht und vorsichtig zwischen den dunklen Blättern hervor.

»Doch, jetzt erkenne ich dich an deiner Stimme«, sagte er. »Sonst kommst du aber immer alleine. Wen hast du denn heute bei dir?«

»Ich bin Carlina, eine Freundin von Jana. Sie hat mich gebeten, sie zu begleiten, damit ich von euch Tieren des Waldes etwas über das Anderssein lernen kann.«

»Das ist selbstverständlich etwas anderes«, sagte der Igel in weniger ängstlichem Ton. »Bitte verzeih mir, aber Menschen gegenüber bin ich stets vorsichtig. Sie achten uns Kleine nicht. Während Tiere nur töten, um zu überleben, töten Menschen oft aus Unachtsamkeit.«

»Wie meinst du das?«, fragte Carlina.

»Früher konnten wir Tiere frei durch das Land ziehen. Schließlich bauten Menschen kreuz und quer Straßen. Nun rasen sie mit Autos darauf herum. Uns Tieren geben sie keine Chance, diese Hindernisse sicher zu überqueren. Für uns Kleine bremsen sie nicht einmal. Es scheint ihnen egal zu sein, wenn sie uns überfahren. Vermutlich merken sie es nicht einmal.«

»Du lebst aber hier im Nationalpark. Da bist du doch sicher, oder?«, fragte Carlina.

»Ich habe nicht immer hier gelebt«, erwiderte der Igel. »Als ich durch einen Verwandten von diesem Ort erfuhr, begab ich mich mit meiner Familie auf den Weg hierher. Meine Frau wurde überfahren, als sie eines unserer Kinder von der Straße retten wollte … Sie war nicht schnell genug …« Der Igel rang und kämpfte mit sich, das Erzählen fiel ihm sehr schwer. Er hatte die Szene vor Augen, als sei sie eben erst geschehen. Er hörte die Todesschreie seiner Frau und sah die Qualen seines Sohnes, bis dieser seinen Verletzungen erlegen war … Die Stimme des Igels klang belegt, als er weitersprach: »Zusammen mit meinen beiden Töchtern konnte ich den Park erreichen, hier konnten wenigstens sie sicher aufwachsen.«

»Das ist ja eine schreckliche Geschichte«, seufzte Carlina. Sie wischte sich die Tränen aus den Augen. »Menschen können wirklich grausam sein, und du hast recht, einige merken es nicht einmal. Wir könnten eindeutig mehr tun, um euch zu schützen.«

Plötzlich hörten sie aufgeregtes Hundegebell, und schon kam ein großer schwarzer Hund um die Wegbiegung gerannt. Er schnupperte kurz und raste dann bellend auf den Igel zu, der sich vor Schreck zu einer stacheligen Kugel zusammenrollte. Kurz darauf kam der Besitzer des Hundes angeschlendert. Er grüßte kurz und wollte weitergehen, ohne auf das Bellen seines Hundes zu achten.

»Rufen Sie bitte Ihren Hund zurück«, sagte Jana.

»Der tut Ihnen schon nichts.«

Carlina spürte den pochenden Herzschlag und die Angst des Igels am eigenen Leib.

»Uns vielleicht nicht, aber unserem Freund hier, dem Igel.«

»Ach Benno, hast du wieder einen Igel gefunden. Du weißt doch, dass die stachlig sind. Komm her!«

Der Hund wollte jedoch überhaupt nicht hören. Nicht einmal auf Janas zureden regierte er. Er bellte den Igel nur weiter an.

»Tun Sie endlich etwas, sonst stirbt mein Freund noch vor Angst!«, sagte Carlina besorgt.

Der Mann sah das Mädchen verwundert an. Er ergriff jedoch das Halsband des Hundes und zerrte diesen ein Stück weg.

»Hier im Nationalpark müssen Hunde an die Leine genommen werden. Halten Sie sich bitte daran und bringen Sie Ihrem Hund Gehorsam bei!«, sagte Jana. »Die wilden Tiere werden es Ihnen danken.«

Jana redete zutraulich auf den zitternden Igel ein, der sich nur sehr langsam beruhigte und erst nach einer ganzen Weile wieder die spitze Schnauze zwischen den braunen Stacheln hervorstreckte. Schließlich bedankte er sich für die Hilfe.

»Auf der einen Seite sind Menschen fähig, mit leblosen Dingen wie Stofftieren oder sogar Autos umzugehen, als hätten diese Gefühle«, sagte Carlina, »auf der anderen Seite verhalten sich einige gefühllos gegenüber Tieren und Pflanzen, die tatsächlich empfinden können. Das widerspricht sich doch.«

»Irgendwann wird jeder selbst erleben, was Leid und Schmerz sind«, sagte der Igel. »Aber nicht jeder kann es fühlen, wenn ein anderer leidet. Nicht jeder ist einfühlsam und will, dass es allen gut geht. Carlina, verliere nie deine beschützende Art, auch wenn du dich dadurch immer von deinen Mitmenschen unterscheiden wirst. Andere Wesen werden es dir vielfach danken.«

»Das hast du schön gesagt«, sagte Jana. »Ich wünsche dir eine gute Zeit. Vielleicht magst du noch etwas tiefer in den Wald hineingehen, abseits der Wege, welche die Menschen benutzen. Dort bist du sicherer.«

»Danke für diesen Rat und auf Wiedersehen«, sagte der Igel und verschwand rasch im Unterholz.

Die Silberdistel

Stärken und Schwächen

Schließlich führte Jana das Mädchen zu einem Aussichtspunkt am Rand des Nationalparks. Von dort aus konnten sie weit über die Grenzen des Parks hinaus sehen. Siedlungen, Wiesen, Äcker und kleine Wäldchen fügten sich abwechselnd in die Landschaft. Es war so still, dass sie das zarte Rascheln von Hunderten Ameisenfüßen hören konnten, die über das trockene Laub am Waldboden liefen. Doch plötzlich übertönte weithin hörbarer Motorenlärm alle natürlichen Waldmelodien. Darauf folgte das Geräusch von splitterndem Holz und brechenden Zweigen. Mit einem dumpfen Aufschlag fiel ein Baum zu Boden und löste einen Erdstoß aus, der das Umfeld erzittern ließ. Einige Männer waren mit schwerem Gerät dabei, in der Nähe des Nationalparks Bäume zu fällen. Ein Teil des Wäldchens war schon komplett gerodet und bot einen trostlosen Anblick.

Carlina fuhr der Schrecken in die Glieder. Ihr Herz raste, und doch war sie wie gelähmt. Mit Entsetzen dachte sie an die Bäume und an alle großen und auch winzig kleinen Tiere, die dort gerade ihren Tod fanden oder deren Leben nie wieder so sein würde wie vorher.

Schon erklang neues Motorengeknatter.

»Was soll das?«, rief Carlina laut genug, damit Jana sie verstehen konnte. »Warum führst du mich hierher?«

Jana deutete ihr mit der Hand, ein Stück weiterzugehen. Als der Lärm deutlich weniger dröhnend zu hören war, antwortete die alte Frau auf Carlinas Frage.

»Als ich in deinem Alter war, hätte der Wald, der heute zum Nationalpark gehört, ebenfalls gerodet werden sollen. Im letzten Moment gewannen Umweltschützer aufgrund einiger glücklicher Umstände aber doch noch den Kampf, und das Gebiet wurde zum Nationalpark erklärt. Seither hat sich die Struktur des Waldes sehr positiv verändert, viele Arten haben hier im Schutzgebiet eine neue Heimat gefunden. Die Natur darf sich hier wieder entwickeln, wie sie es will. Ich habe dir gezeigt, dass die Natur viele unserer Fragen beantworten kann«, fuhr Jana fort. »Du hast gesehen, wie verletzlich sie ist, und du weißt, dass wir ein Teil von ihr sind und ohne sie nicht leben könnten. Jetzt sieh dir an, wie diese Menschen mit dem Lebensraum Natur umgehen! Für ihren eigenen, kurzfristigen Vorteil sind sie zu allem bereit. Ich kann die Schönheit der Natur nicht genießen, ohne zugleich daran zu denken, wie leicht man alles kaputtmachen kann, wie sorglos viele Menschen sich verhalten. Ich weiß, es ist kein schöner Anblick, aber wir dürfen die Augen nicht vor diesen Tatsachen verschließen!«

Von körperlichem Unbehagen überwältigt, sank das Mädchen auf einen großen Stein am Wegrand.

»Es ist, als würde ich alle Bäume und die Tiere, die dort leben, um Hilfe schreien hören. Als würde ich ihr Leid, das Zuhause oder gar das Leben zu verlieren, selbst erfahren«, keuchte Carlina. Ihr starkes Einfühlungsvermögen wurde ihr schon wieder zur Qual. »Rücksichtslos weggeworfener Müll, achtlos zertretene Pflanzen, und jetzt das hier. Warum tun diese Menschen so etwas? Wie soll man bei all dem Elend jemals glücklich sein können?«

Auch Jana atmete einige Male tief durch und kämpfte gegen die Gefühle von Ohnmacht und Machtlosigkeit. Schließlich nahm sie sich zusammen.

»Lass uns gehen«, sagte sie. »Es ist niemandem geholfen, wenn wir hier zusammenbrechen.«

»Das ist doch eine Silberdistel!«, rief Carlina auf einmal überrascht, und ihre Miene hellte sich auf. Sie bückte sich, um die Pflanze genauer zu betrachten. Noch bestand diese nur aus rosettenförmigen gezahnten Blättern, sie hatte jedoch bereits erste Blütenknospen angesetzt. Es würde nicht mehr allzu lange dauern, bis die Distel blühen würde.

»Ihr wissenschaftlicher Name ist übrigens *Carlina acaulis*«, sagte Jana lächelnd.

»Dann heißt sie ja genau wie ich!«, rief Carlina aus.

Jana nickte.

»Und sie hat einiges mit dir gemeinsam«, sagte sie, »denn die Silberdistel ist sehr sensibel. Bei zunehmender Luftfeuchtigkeit neigen sich die silbrig glänzenden Hüllblätter zusammen, sie umschließen die Blütenkörbchen und schützen diese damit. Auch getrocknete Disteln zeigen dieses Verhalten – manchmal schon dann, wenn man sie ein paar Mal anhaucht.«

»Und«, ergänzte die Silberdistel, »ich habe einen stacheligen Blattrand, mit dem ich mich wehren kann.«

»Dass wir beide sensibel sind, das kann ich nachvollziehen«, meinte Carlina, »aber solche Dornen hast leider nur du.«

»Der Blickwinkel entscheidet, was eine Stärke ist und was eine Schwäche«, sagte die Silberdistel.

»So, wie du vorher den Igel beschützt hast, hast du sehr wohl Dornen, mit denen du dich wehren kannst«, meinte Jana. »Sie sind nur ein wenig anders als die der Silberdistel.«

»Wie meinst du das?«, fragte Carlina.

Jana schwieg eine Weile gedankenversunken, bevor sie eine Antwort gab.

»Tiere und Pflanzen haben keine verbale Stimme, mit der sie sich wehren können, darum werden sie von vielen Menschen nicht verstanden. Diese Leute denken auch, dass Tiere und Pflanzen nicht intelligent sind, und sie stellen sich deshalb über sie. Aber du kannst der Natur eine Stimme geben, indem du ausdrückst, was sie dir sagt. Nutze diese besondere Gabe, mache auf Dinge aufmerksam, die dir nicht passen!«

»Das ist eine tolle Idee! Mit solchen Dornen schmücke ich mich gerne«, sagte Carlina. Und plötzlich sah sie ihren Weg vor sich, als Sprecherin für die Natur, die keine Stimme hat, von der jedoch das Leben der Menschen auf der Erde abhängt. Nachdenklich fügte sie hinzu: »Sicher wird das nicht immer leicht sein.«

»Nein, wahrscheinlich nicht«, bestätigte Jana und freute sich über das Funkeln, das plötzlich aus Carlinas Augen leuchtete. »Aber ich finde, dass Menschen wie du einen ebensolchen Schutz verdienen wie die Silberdistel, die inzwischen gesetzlich geschützt ist. Beide seid ihr in der heutigen Welt gleichermaßen bedroht, selten und trotzdem wichtig und unersetzbar.«

»Nur – wo soll ich anfangen? Es gibt so viele Probleme zwischen Mensch und Natur. Ich könnte bestimmt gute Lösungen finden, aber in vielen Dingen denke ich anders als die meisten Menschen. Unachtsamkeit oder Ausbeutung scheint für viele kein Problem zu sein, sonst würden sie sich anders verhalten.«

»Du wirst wohl nicht die ganze Welt retten oder nach deinen Vorstellungen umgestalten können«, sagte die Silberdistel. »Vielleicht gelingt es dir, Aufmerksamkeit zu erregen.«

»Ja, das klingt gut«, sagte Carlina. »Nur mit welchen Mitteln?«

»Eine Möglichkeit ist es, etwas sehr Auffälliges zu tun, um deine Botschaft zu verbreiten«, sagte Jana. »Damit erlangst du zwar kurzfristig großes Aufsehen, aber du erzeugst damit auch Druck, und Druck erzeugt immer Gegendruck. Einige werden sich von dir abwenden, und deine Mühen verhallen schnell wieder. Eine andere Möglichkeit ist es, diskreter und Schritt für Schritt vorzugehen. Dieser Weg wird länger dauern, und viele werden dich zunächst überhaupt nicht wahrnehmen. Doch ab einem bestimmten Punkt ist die Wirkung dafür umso stärker.«

»Welchen Weg würdest du an meiner Stelle einschlagen?«

»Mach es wie ich!«, rief die Silberdistel sofort. »Zuerst zeige ich mich sehr unscheinbar und nehme alles aus meiner Umgebung auf, was mich nährt und voranbringt. Ich verwende viel Zeit darauf, meine Blüten vorzubereiten. Bei Bedarf zeige ich auch einmal meine Dornen. Meine innere Stimme verrät mir, wann meine Zeit gekommen ist. Dann präsentiere ich meine glanzvolle Pracht, an der sich viele erfreuen.«

»Was immer du tust, du wirst nie alle Menschen erreichen und zufriedenstellen«, meinte Jana. »Ich würde dennoch den zweiten Weg wählen, denn langfristig wird er mit Sicherheit wirkungsvoller sein. Womöglich entspricht er auch mehr deinem Wesen.«

Eine Weile gingen Carlina und Jana noch gemeinsam weiter. Am Dorfrand verabschiedeten sie sich herzlich, und Carlina hüpfte fröhlich nach Hause. Sie hatte einen außergewöhnlichen Nachmittag erlebt, einige Zusammenhänge menschlichen Verhaltens verstanden, und eine neue Perspektive für ihr Leben gewonnen.

Epilog

Zuhause berichtete Carlina ihren Eltern von ihrer Wanderung mit Jana und den lehrreichen Begegnungen ihres Nachmittags.

»Wusstet ihr, dass wir mit Tieren und Pflanzen richtig kommunizieren können?«, fragte Carlina. »Das Eichhörnchen hat mir die universelle Sprache beigebracht und mich gelehrt, dass wir niemanden nach seinem Äußeren beurteilen sollten, sondern immer nur nach seinen inneren Eigenschaften. Diese bilden die wahre Persönlichkeit. Jedes Lebewesen und jeder Mensch ist auf irgendeine Weise anders und einzigartig. Erkennen wir dies, haben wir keine Probleme mehr, sondern eine bereichernde Vielfalt. Das Eichhörnchen sagte auch zu mir: Sei einfach du selbst, und mach dir nichts daraus, was andere über dich denken. Wichtig ist, dass du selbst an dich glaubst!«

»Ist das wieder eine deiner Wald-Fantasien?«, fragte ihr Vater irritiert. So nannte er die Geschichten, die Carlina gelegentlich erzählte, wenn sie aus dem Wald nach Hause kam.

»Es stimmt, was Jana gesagt hat. Es ist leichter, etwas zu verstehen, wenn wir es dem Bekannten zuordnen können. Darum tun wir das automatisch. Wir werden jedoch immer wieder auf Unbekanntes stoßen, das uns irritiert. – So wie du jetzt gerade«, sagte Carlina. »Wir dürfen dann nicht zu rasch urteilen. Denn hat jemand Fähigkeiten, die wir selbst nicht haben, erscheinen uns diese zweifelhaft. Aber jeder weiß selbst am Besten, was in ihm steckt. Nur weil man sich etwas nicht vorstellen kann, heißt das nicht, dass es das nicht gibt. Keiner wird jemals alles können, doch wir können von den Fähigkeiten anderer profitieren; wir können einander ergänzen.«

Das Mädchen sah die Eltern prüfend an. Konnten sie ihr folgen?

Schließlich fuhr sie fort: »Vom Wolf habe ich erfahren, wie wichtig es ist, offen auf Neues zuzugehen, sich eine eigene Meinung zu bilden und vorhandene Ansichten zu hinterfragen. Denn mit Vorurteilen und festen Erwartungen blockieren wir uns selbst. Wir können dann nicht erkennen, wie jemand wirklich ist.«

»Deine Tiere sind ja richtige Philosophen«, warf ihre Mutter entzückt ein.

»Tiere sind intelligente Wesen, von denen wir vieles lernen können«, sagte Carlina. »Das Wildschwein sagte zum Beispiel: Wir dürfen nicht über einen Anderen bestimmen, denn jeder ist eine eigenständige Persönlichkeit mit einem freien Willen. Jeder hat ein Recht darauf, so zu sein, wie er oder sie ist. – Ihr hättet sehen sollen, wie glücklich und selbstbewusst die Jungen dieses Wildschweins sind!« Jetzt sprudelte aus Carlina alles heraus, was sie an diesem Nachmittag gelernt hatte und sie sprach ohne Unterbrechung weiter: »Wir werden ohne ein Wissen über die Welt geboren, und was wir lernen, ist sehr unterschiedlich. Die Kultur, die Bildung, der Lebensstil, unsere Erfahrungen, all das prägt uns und bestimmt, wie wir die Welt sehen. Jeder errichtet sich seine eigene Wirklichkeit. So wie sich die Raupe zum Schmetterling entwickelt, entwickeln wir uns auf unserem Lebensweg im Geist.

Der Kuckuck hat mir beigebracht, dass wir unser Eigenes nur bewahren können, wenn wir uns von Fremdem abgrenzen. Doch nur wenn wir uns mit Fremdem konfrontieren, können wir unser Eigenes überhaupt erkennen. Dazu müssen wir etwas Fremdes nicht verstehen, es reicht, wenn wir es einfach akzeptieren.

Über äußere Sinneseindrücke lässt sich nicht streiten. Innere Empfindungen können dagegen nicht auf andere übertragen werden. Denn wir können nur erleben, wie etwas auf unsere eigenen Sinne wirkt. Wir kennen nur unsere Sinne, andere können anders empfinden. Der Schwarzspecht kann mit seinem Schnabel gegen hartes Holz schlagen, ohne dass es ihm etwas ausmacht. Ich bekäme sofort Kopfschmerzen, wenn ich meinen Kopf so kräftig gegen etwas Hartes schlagen würde. Ich empfinde das anders, weil mein Körper nicht dafür geschaffen ist.«

Das Mädchen musste kurz Atem holen, dann sprach sie voll freudiger Erregung weiter: »Von der Sonnenblume habe ich gelernt, dass jeder etwas Besonderes ist und, dass jeder seinen eigenen Platz auf der Welt hat. Jedes Wesen hat die Freiheit zu leben, wie und wo es will. Fesseln lassen wir uns nur von anderen anlegen.«

»Das klingt alles sehr interessant! Auch Tiere und Pflanzen habe ich auf diese Weise noch nie wahrgenommen«, sagte der Vater nachdenklich.

Carlina ergänzte: »Jana sagt: Viele achten ihre Umwelt deshalb so wenig, weil sie nur an ihren eigenen Vorteil denken. Doch wenn wir davon ausgehen, können wir nicht erwarten, dass die Menschen zum Wohl aller handeln. Sie glaubt jedoch, dass sich jeder nach einem besseren Leben sehnt. Und das Leben von jedem Einzelnen lässt sich in jedem Fall verbessern, wenn wir alle für das Wohl unserer Umwelt sorgen.

Die Kreuzotter hat also recht. Sie sagt: Ob gut oder böse – alles, was wir anderen zufügen, fügen wir uns selbst zu. Bereiten wir jemandem eine Freude, fühlen wir uns auch selbst gut dabei. Und handeln wir zum Wohl aller, kommt das auch uns selbst zugute.«

»Das sind wirklich tiefgründige und sehr wichtige Gedanken«, meinte die Mutter.

»Wartet, ich bin noch nicht fertig«, unterbrach Carlina. »Wusstet ihr, dass *Carlina* auch der Name der Silberdistel ist? Sie hat meine Sichtweise verändert, als sie sagte: Dein Blickwinkel entscheidet, ob du etwas als Stärke oder Schwäche ansiehst und ob du etwas als Problem oder Chance erkennst. Sie hat mir gezeigt, welche Dornen ich trotz meiner Sensibilität habe. Und ich weiß jetzt, was ich in meinem Leben tun möchte: Ich will mich auf meine Art für die Natur einsetzen.«

Nun sprang die Faszination, mit der das Mädchen erzählte, endgültig auf ihre Eltern über. Noch lange unterhielten sie sich gemeinsam über den Wolf, die Vorurteile, das Gute und das Böse, das Schicksal des Igels und die Weisheit der Silberdistel.

Inhaltsverzeichnis

7	**Prolog**
9	**Carlina** – *Wahrnehmen und Empfinden*
17	**Jana** – *Bekanntes und Ungewohntes*
25	**Das Eichhörnchen** – *Zweifeln und Verstehen*
33	**Der Wolf** – *Vorurteile und Erwartungen*
41	**Das Wildschwein** – *Eigenständige Persönlichkeit*
47	**Der Zitronenfalter** – *Die eigene Wirklichkeit*
55	**Der Kuckuck** – *Das Eigene und das Fremde*
63	**Der Schwarzspecht** – *Äußere und innere Sinneseindrücke*
69	**Die Kreuzotter** – *Das Gute und das Böse*
75	**Die Sonnenblume** – *Der eigene Platz auf der Welt*
81	**Der Igel** – *Achtsamkeit und Respekt*
89	**Die Silberdistel** – *Stärken und Schwächen*
99	**Epilog**

Wenn Sie mehr über Valerie Forster und dieses Buch erfahren möchten, besuchen Sie die Internetseite www.valerieforster.de. Hier bekommen Sie auch kostenlos ein umfangreiches Bonusmaterial zum Buch, mit einem zusätzlichen Kapitel, weiteren Illustrationen und mehr.

Valerie Forster
Der kleine GROSSE Wolf
Mit Illustrationen von der Autorin

Der kleine Wolf unterscheidet sich schon früh von den anderen Wölfen. Er interessiert sich nicht für die Jagd, sondern staunt lieber über die Wunder der Natur. Als Menschen den Wald roden und das friedliche Leben außer Kontrolle gerät, muss sich der junge Wolf einer großen Herausforderung stellen. Einfühlsam erzählt Valerie Forster davon, was man alles erreichen kann, wenn man den Mut aufbringt, für seine eigenen Überzeugungen einzutreten.

Ein wunderschönes Buchkunstwerk mit hochaktuellen Themen.

Leseprobe, Bonusmaterial und mehr unter www.valerieforster.de

Valerie Forster
Verirrt
Erzählung über ein Leben mit Hochsensibilität
Mit Fotografien von der Autorin

Empfindlich, wenig belastbar und auf dem falschen Weg. Dies sind nur einige Schwierigkeiten, mit denen Emilie zu kämpfen hat. Dabei hat sie auch viele Stärken. Sie ist kreativ, einfühlsam und hat eine Anlage für feinste Wahrnehmungen. Aber warum ist sie so besonders? Eine wahre Erlösung ist es, als sie den Grund erfährt: Sie ist hochsensibel. Und das ist eine ganz besondere Wesensart.
Eine persönliche Krise und eine Reise nach Norwegen führen Emilie zu sich selbst und schließlich auf ihren ganz eigenen Weg.

Valerie Forster hat sich umfassend mit dieser besonderen Wesensart beschäftigt und ist selbst hochsensibel. So bereichern auch ihre persönliche Erfahrungen die Erzählung. Authentisch schildert sie, wie es ist, hochsensibel zu sein.

Leseprobe, Bonusmaterial und mehr unter www.valerieforster.de